水銀飛行

中山俊一

水銀飛行 ＊ 目次

Ⅲ

Ⅳ

I

Door

せいねんとせいねん神経衰弱のカードを伏せるときの微風

風光るバイク跨がり襯衣(シャツ)と肌その薄闇を靡かせてゆく

農機具のレバーを握る夜の夢しょうがねえなァ田園を刈る

七の段くちずさむとき七七の匂いに満ちる雨の土曜日

June July永い雨だね（沈む島）それにしたって永い雨だね

息継ぎのように今年も現れて夏の君しか僕は知らない

蚊柱に腕をさしこむ柔らかさその歓迎に夏は濁るよ

銀の花枯れたんだろう俯いてシャワーヘッドも湯を浴びるおれも

きみの胸に顔をうずめた青虫が揺れる葉っぱの裏を這うので

逆になりふたたびはじまることさえも砂時計に似た裸体を抱く

ひとたまりもない夏の笑みこの先が西瓜の汁のように不安さ

あゝぼくのむねにひろがるアコーディオン抱けば抱くほど風の溜息

黒髪に夜露の少女たちフェードアウトしてゆく夏の銀幕

海洋葬　撒けば眩しく瞬いて額縁のなかの海のパズルは

少数のスタッフのみで作られた映画のエンドロール的夏

ではでは

まだ浅い夢のほとりで逢えるなら羊の皮膚に手を伸ばすから

筆洗の朝

初恋風の、それでいて素朴な顔立ちの男女にゆずるこの畦道を

国境が交わる世界地図のごと赤青黄のきみのパレット

愛が死語の村で育った青年の汗を舐めれば汗の味して

青い犬走れよ　絵の具が渇いても筆洗バケツの水でありたい

原宿的色彩に死す蕎麦挽きの水車が回る農村でキス

溶き卵で描いたひまわり　いのちってあかるい　きみと恥じらいの夏

きゆきゆと黄の乾きたる絵具皿洗えば新月あなたのひかり

瞳孔に差し込むひかり融けてゆく氷彫刻の涙にアウラ

目の色を変えてよ　ぼくはデッサンの被写体　きみは筆を取らない

カンバスに描かれてぼくの体重はカンバスきみが持ち帰るとき

端と端そろえて書類を纏めてる火の過去形を覚えた手つき

海沿いのバス停にある橙の（おそらく不法投棄の）ソファー

案山子になる。あなたがぼくの顔を描く。あなたの僕の顔を描くのだ。

ふたりして海に降る雨を眺めてた水溶性の傘をひらいて

あしたから中古の塗り絵どの房も青鈍色につよく染まって

逆光線

うけいれるかたちはすべてなだらかに夏美のバイオリンの顎あて

きみの喉ちんこを見てた風鈴がチロリチロリと鳴く涼しさで

砂まみれの素足で乗った教習車ぼくと恥知らずのマーメイド

蚊帳に蚊を招いて語る姉がまだ一人娘であった記憶を

コピー機に夏風孕ませ永遠にＡ４用紙を補給する波

こんなものすててしまえばいいのにね静かに蜆の砂抜きをして

網戸越し蟬の裏側みるきみの裸身に翅のごときカーテン

癖になる季節の遠さ　ふときみがスノードームを逆さまにして

水銀の避け方だった飛行機よりひこうき雲が好きだと云われ

海水と花火の接吻　ジュッ　きみの寝言の語尾も守れないのか

窒息のむねをひろげた海底で抱擁を待つヒトデのように

逆光線　九月の海のサーファーが影絵芝居の暗明泳ぎ

ももいろのゼリーに桃が透けていた健やかな人と云われたい夏

ゆうぐれの児童が描きし円を跳ぶ。まっかっかって呟きながら

ホットコーラ

ぼくに寄る梢に襯衣を引っ掛けるように心の姿はなくて

いもうとが尿終えるまで金色の穂波をみてた車のなかで

天井の隅に天使が棲むホテル乙女座の守護星は水星

金髪の女の髪を梳いていた冬の田圃の匂いがしてた

一巡りしてきえる星、又は人　ひととおりのことを済ませて

薄くなる金柑のど飴舐めながら花言葉ほど曖昧でいる

バスローブ羽織って冬の稲妻に拍手を送る後の湯冷めだ

冬眠の温温（ぬくぬく）とした憂きに似てホットコーラという飲みものは

みずからの口を近づけ飲むスープ愛を告げたら抱けない気配

円錐は淋しいかたち　ぼくのため出された布団の匂いを嗅いで

避妊具が正義の面して笑うころ、ぼくはガス欠のパトカー押して

マシュマロの焼けた匂いのキッチンで先ずはぼくから微笑むべきか

身に余るほどに夜だよ星の児はコーヒーカップを沼ァと呼んで

しろでほわほわ涙を拭いていたティッシュたべたくなってしまったおれは

云わないでおく冬の朝ふたりして吹きだしのような白い息だよ

あゝぼくの非凡さがひかるプリクラに星のスタンプ押してしまって

紅いペディキュアが乾けば中華街むかうよあなた体育座りの

雪の轍

市街地で火事の騒ぎを聞き、　夜間押しボタン式信号機　押す

夜の縫い目ほつれたんだネ電球の紐を引っ張るときの手応え

雪の味伝えるキャスターだったっけ花屋の冷気に喩えてたっけ

筍に躓くきみの手を取った。竹林に散る静かな電気

へんなゆめみちゃったァ熱きからだ抱き触手もつれるクラゲを想う

しりとりをしながらしたねきみがまだ草だったころ犀を抱えて

マニキュアは咳止めシロップの味に似て雪の微熱に埋もれていたよ

霜焼けの耳はたはたと白ウサギ童貞の内出血と月

樹木希林ってうまく言えない舌だった。飽きて呆れ返るまで恋

醒めたとき雪の匂いの夜行バスひとつ灯っている読書灯

こんこんと雪にまみれる樹氷林　事後のブラウス草の染み抜き

密林に漂う迷子のアナウンスあなたの無言を聞き損なって

満面の笑みだったこと六色六面体（ルービックキューブ）もとにはもうもどせない

螢光ペン次第に逸れてこの暗い一本道をひとりで歩む

雪泥に無数の幼児の手袋が添えられている。ひとつ拾った

まばたきのまぶたのうごきのなめらかさあなたが好きだ／ったという記憶

Ⅱ

コミックブルー

俺たちは違反速度で駆け抜けた。それが教習コースと知らずに

きみに似た青年がゐたと云う老父その顚末を聞かずに去った

喘息の発作を起こす兄の胸どこかで聴いた海鳴りがする

6月のひまわり×カラーの遺影写真×自殺志願者のカロリーメイト＝0

鈍色の朝日は差して新聞紙ひろげて少女が掃くガラス片

花栗と蜜蜂の舞う養蜂園きみの防護服は制服

皆が皆、皆のサイドストーリー焼き棄てられたコラージュ写真

ＡＶの検索窓に【すずらん】と打ち込めば空　朝焼けである

朝礼へ三段ばかりの鉄骨の階段昇る　少女の失神

夜学生に於ける校庭静まりて殺風景のなかの蜜蜂

予備校を終えて少女ら自転車のサドルを拭いた。銀河は晴夜

先輩の車はブルーで落書きを描くならカモメでも盗難車

火から目を離すな俺の目を見るな焚火を囲むゲイのカップル

潮風に錆びれちまったドアがあり僕はというと開けないのです

犯人がインタビュアーに応えてた後ろで珊瑚樹の実が熟れて

黒板の前に散らばる粒子たち　Don't　t　ru　st　over thirty.

火を放つならば林間学校の写真がならぶ緑の廊下

傘立ての金属バットに血飛沫の予感漂う九月に降る雨

この壁の向こうであなたは頷いた。小豆色したスリッパ履いて

そんなもの捨てろよお前を苦しめた以下同文の表彰状を

おれはこんな泣き方をするのかジーンズが雨に滲んで青くて重い

青年は遠くへ行くと云ったまま　みんながみんな天使の佃煮

ぼくはたぶん不出来なピエロであったのだリトマス試験紙色の青空

呆気なく終わりは来るさ紙皿にプッチンプリン葬りながら

本棚にきみから借りたコミックが馴染んでしまう　これがかなしみ

残雪を黙って見てた　運転を代わってくれと云われるまでは

車中泊の朝に迎える散弾を喰らったような窓の凍結

積雪を溶かしてゆくよ青春は立ち小便の湯気の儚さ

パイプ椅子折りたたむとき、ついにきみ来なかったよね　花は持っとく

ぽんぽんと卒業証書の筒鳴らし抜け殻みたいに笑うのでした

おかいもの

はなびら　グラムで売ってる幸せを摑める手をした少女がゆくよ

螢合戦

眠るからだを幾つも跨ぎ宿を出た。変声期のこえ震わせながら

この森も樹液に満ちた海となる　当時、十四歳の逆立ち

「それからは「夢のなかを「生きている「寝ても「醒めても「夢の中」

(夢は無風) 風鈴売りがやってきて扇子で仰ぐ夏の亡骸

火の粉ふり払う消防夫の如く螢の夜から出でし少年

空瓶に螢火詰めるつかの間に水素燃焼実験よぎる

夏の川〈いのりはひかり〉だとしたら螢、螢が挫けそうだよ

螢、いや夜ごとあなたは摑んでた夜明けのようにまた手をひらき

小学生の魔球

初夏それは静かなる夏まるで書架　黙っていると死んでるみたい

魔球ぅ魔球ぅ校舎の裏で囁いて、あなたは消えてしまった魔球ぅ

25ｍプールを泳ぐ。永いとはとても永いということだろう

水泳帽浮かんで沈む熱帯夜きみは孤島の静けさにいる

転勤族のあの娘になみだ剣玉の剣の部分で突き刺した月

きみのおとうさんはさみしいひとだった朝虹を彫る版画教室

5号車は葡萄畑さ　あの白い軍手に頬を包まれていた

ねえドラゴンきみに名前をくれた人きみが全員殺してしまった

茶畑へ墜落したるラジコンヘリ抱えてぼくの爽やかな風

シェパードを飼いたい頃に綺麗事も綺麗なままに愛してみせる

きみよりも母が好きだよ初雪を詰めたビニール袋の水辺

背泳ぎは青空泳ぐ心地してコースロープを越えて逢いたい

草笛の草の選別ふたりして秋の葦原掻きわけてゆく

心臓の四つの部屋を開け放つ如き風だよ　くわばらくわばら

獅子座流星群の夜ひそやかに跳び箱のなかで見せ合う銀歯

だれからも教わっていない口笛が擦れた天使の呼吸みたいで

Ⅲ

天狗の飛び方

李さんは星的寡黙ローソンの制服のまま帰ってきた夜

刺青を彫るたび笑った。血色の悪い天狗が飛び交う背中

馨しき電気蚊取り器の匂いふたりで嗅いで愉しい生活

信号機の灯りに満ちる八畳の角部屋　夜の青信号は

おれの血で出来た蚊が飛ぶ俺の身じゃ届かぬとこへかろやかにゆく

李さんは猿山の前で愛を告げ勿論フラれて猿のせいにした

雨漏りのようなねごとを受けとめて二段ベッドの分母に眠る

油淋鶏きみが云ってた〝淋しい〟の理由を咀嚼できずに飲んだ

人妻の三角巾から垂れ下がる手首を摑む　炎天の駅

龍角散の匂い溢れる午後だった水銀色の電車に眠る

屋上に群がるエレベーターガール棲む遊星がある顔をして

美少女が空から降ってて、この正しい重力加速度あゝぼくが死ぬ

生活が襲う。虎柄ナンバーの軽トラに乗る李さんとぼく

天と地を交互にみせる拷問を終えてふたりの座るぶらんこ

伝言ゲーム末尾に李さん　どの椅子も床屋の椅子のように座って

Made in chinaの瞳でぼくをみる朝顔の種かさりと剝いて

歌舞伎町で暴行されて鼻腔から冬のディズニーランドの匂い

シアターの椅子は立つたび閉じるから世界でいちばん寂しい広場

象の目の体積ほどの虚しさがお手玉遊びのように回って

それは音もたてずに秋のセグウェイはぼくをひとりにしないだろうか

受取人不在の夜風に吹かれつつ税込価格の犬を見ている

朝日溢れるアルミの陽だまり（あかるいね）銘柄違いの吸殻がある

軽いトロフィー

幾つかの孤独を恥じて十代の組み体操　うん。良い感じだよ

ぼくの子は優しいはずさ　坂道をかわいそうって転がるぐらい

ふと、そこに少女の夏は坐ってる肩を竦めて、もう笑っててらァ

倦怠に次ぐ倦怠かシャボン玉液を飲みたる少女の欠伸

低いレを愛する少女の精一杯のばす左手ゆれる吊橋

あなたの匂いを嗅ぎたいなァ閑庭に夕焼け色の犬杭がある

靴音が響く。プールを青年が洗うのだった枯葉混じりの
蚕飼う少年軽いトロフィーを横にずらして虫籠を置く

白球は泥にまみれて転がった　そんなフォームじゃ肩を壊すよ

あゝぼくはファールボールをおいかけてこんなとこまできてしまったなァ

本塁打の境界ひろがる草いきれ　さっきの球ではない球拾う

寝転べば星の下敷き噎せかえる少年の手に銀の歯車

泣き顔をみれてすこしはよろこんだ　あの夏のビー玉の喉越し

想い出を質屋に売って夜汽車へと乗る少年の銀貨、粉々

少女なら呼び名に飽きて行きました。夏の川辺を草束抱いて

てのひらに独楽を回して少年が右手の紐のように老いるよ

はい。これはアルバムのようなものでして枯葉でつくった大きな木です

ぽちゃんぽちゃん夜のプールに3組のみんなさみしい湯に浮かぶ繭

はるのうた

きみに会うためだけにある駅だった特急電車は潔く春

春の夜はビオフェルミンの薬瓶へぽぽれぽぽろと沸く春の夜は

ねえニュートン涙がこみあげてくるよニュートンやっぱりだめだわニュートン

恋人が氷結の缶を潰す音　とくに意味などないんだろうな

みずいろの酔拳だったやり方が他になかった君の前では

電柱に嘔吐したたたる街燈のちるりるりるらんら　ひかりが降るよ

遊園地の最寄り駅っぽい雨が降り誘導棒の遠い回旋

雨が降ってて、ふたりは別の傘さして、でも、手はつないでて、手だけが濡れて

落鉄の煌めくターフに青年期重ねる四月　晴れの重馬場

瓦斯コンロ捻ればチチチそういえば何度もきみを苦しめていた

春の陽に傘を引きずる人妻の半音外れた鼻歌を聴く

むこう側むこう側へと誘って死と戯れる闘牛士の死

その角に愛の在庫が多すぎて倒産しそうな会社があるよ

恋煩い少女が花壇を過ぎるとき花占いが死因の花びら

蛸の恋おかしくなって永遠はきみの前では行儀がいいよ

さくらふる歯磨きしながら恋人と白い坂道のぼるのでした

現行犯逮捕の気配に立ち尽くす　くちゅくちゅぺーのぺーをみられて

曇天に黄色いスカート選び抜く思考回路を愛してみたい

塩少々の指使いかな　とけかけのまほう8秒間の春雪

高井戸のデニーズきみのいた角度　八角形の階段のぼる

溶けてゆく氷の数を数えてた僕なら僕であろうとしてた

これからのことはこれから知ればいい　きみを栞のようにつつんで

みずたまり

看護師のてのひらに雪ほどかれて色とりどりの鳥の束たち

孵卵器の温度をさげるきみのては一神教の翳りに満ちて

へその緒を手繰り寄せれば象の部屋それは神話のスピンであった

陽だまりに膝を抱えて三角の闇を見下ろす胎児のかたち

電球のまだあたたかい首筋を捻る　あかるい産道のなか

入り口が幾つかあって一つしか出口がなくて泣く人もいた

産声の息を何処（いずこ）で吸ったのか虹を吐き出すように目醒めて

自己紹介している瞳のうつくしさ透明を未だ見たことがない

Ⅳ

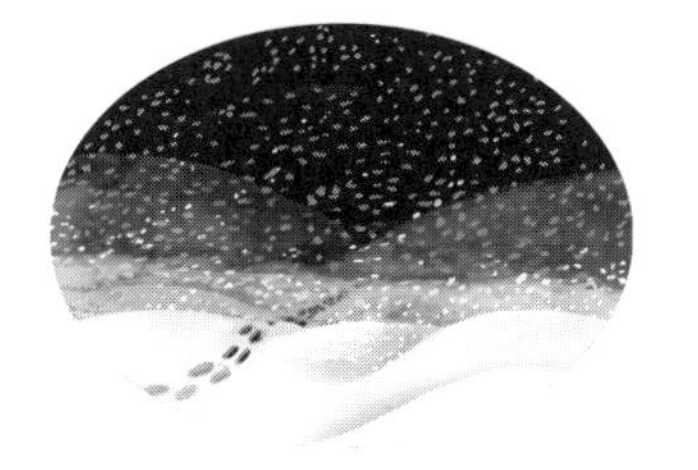

すずらん

白い道で今更撫でるちいさな手　I'm fineしか覚えてなくて

ロボットが喋る朝だよ流暢に製造過程を語ってごらん

ばら色の口内炎を湿らせていたのはぼくの翳りじゃないか

このさきに灯りの在り処ありますかどのドアノブも冷たいですか

みずうみに櫂を沈める天葬を想えば空の重みを受けて

オルゴールひらけば踊るバレリーナ暗室に満ちた叫びを放て

そうならばきみの嚢でいたかったランプシェードをすべりながらに

折り鶴の翼ひろげる一瞬の充足　腹の祠がひかる

よわくなるつもりはないが夕間暮そっと抱きしめてくれないか　椅子

きみがきみを許せないのか（それだけか）ほら濡れた仔犬をかわいいと云う

アアアアこの声である欲しいのは、読むときみの表情が見たい

きみのどこかに余熱はないか、ないか、ないか、ないならさっさと帰っておくれ

（席に戻って）微熱の視界（席に戻って）あなたの机間巡回（　　戻って）

きみがかなしいとき一番かなしいのはきみだ　あの頃、キャベツ畑で

雪夜のパトロール

恋人のかたちが好きだ赤い螺旋階段を生む林檎とナイフ

浴槽に湯が落ちる音を聴きながら傷から痛む桃の歯触り

銃口の冷たきトンネル突き抜けて種無し葡萄なのさ　おれたち

夢精ってとても綺麗ネ手品師が闇に葬る鳩の羽搏き

映写機を横切る魚群きらきらと青春群像劇へ溶け込む

恋人は白い手紙の中にいる既視感のある風のさなかで

虹さえもあなたの色は宿せない雨上がりの肌だきよせるとき

首都高に今、花吹雪ゆっくりと花屋のトラック横転してゆく

放火魔が季節をえらぶ美しさ霜夜の街へ飛ぶ火炎瓶

恐らくは青い炎が好きと云う。ケッ無気力という名の都市ガス

僕の天使、翼のはえぎわ啄ばめば羽根のようだね初雪が、ふふ

おいでおいで夜に掴まれ夜の手は銀木犀の幽かな香り

「天国の場所を教えてくださいな」「地獄を突き当たって右です」

全人類居留守をしている夜の静寂がらんどうの地球儀廻す

冬木道ちりとりひとつ落ちていて悲しみのない悲しみがある

あゝこれが月だひろがるむらさきの痣を抱えて少年少女

天辺の星を奪って　放火魔が聖火の如く灯したツリー

その翅は暗喩か夜毎に肥大する天井灯の蛾を殺せない

夜を泳ぎ切ること確かな手応えのない水の部屋ゆれるブランコ

傷の二次創作だったぼくたちはホットミルクの膜を掬って

だれに手を振るべきなのか桟橋の点描画家の・となる僕

雪野原ひとりで立って新雪をぼくの新雪を踏んで下さい

除夜ッ除夜ッと夜を除いて雪のふる明るい箇所を選んで歩め

シュリーレンさよならゆれるシュリーレン甘い生活だったシュリーレン

火鉢に火　灰皿に灰　花瓶に花　あなたはどんな手をしてるのか

幸せと笑うな　幸せを嗤うな　幸せよ咲うな　ぼくの手が行く

ひとすじの地平線を内包する紙飛行機は冬風を越え

解説　謎と幻想のあわいに

東　直子

魔球ぅ魔球ぅ校舎の裏で囁いて、あなたは消えてしまった魔球ぅ

意味を捉える前に、目に焼き付いてしまった短歌である。長く短歌に関わってきているが、こんな体験は初めてだった。この歌の場合は「魔球ぅ」という特殊な表記の繰り返しが目につき、言葉遊び的な要素が強いが、通常の言葉遊びの歌のようなあからさまな主張はなく、「消える魔球」という漫画の世界の観念を借りながら、リフレインによってだんだんはかなく消えてしまう存在の切なさだけが残る。

消えてしまう、ということそのものが見せ所で、どこに消えてしまったのかは、誰も分からず、追求しない。しかし、魔法の残骸としての存在に着目し、その声に耳を傾け、視線を向けるのが、中山俊一という表現者の特徴なのではないかと思うのである。

中山さんは、二〇一六年に大学を卒業したばかりで、歌集に収められた作品のほとんどが学生時代に書か

れた作品である。大学短歌会等に所属していたわけではなく、映像や音楽などの表現活動の傍らで、こつこつ独自の歌を創作し続けている。私は、その中から千首ほどの歌を読ませてもらったのだが、言葉が自発的に語りだすような、躍動感のあるイメージのシャワーに圧倒される思いだった。
　彼の映像作品は、まだ断片的にしか見たことがないのだが、クールな色彩の中からやわらかい叙情があふれ出すような味わいがあり、短歌作品の世界と通じるものを感じた。一首一首、映像的な魅力があるのは間違いない。

せいねんとせいねん神経衰弱のカードを伏せるときの微風
いもうとが尿終えるまで金色の穂波をみてた車のなかで
車中泊の朝に迎える散弾を喰らったような窓の凍結

　ナイーブな青年のまなざしや、金色の穂波の中に消える妹の後ろ姿、極寒の早朝の車の白い窓が鮮やかに見えてくる。これらの歌から漂う叙情には、不思議に感情の起伏がない。フラットで冷静な視線の中で、それぞれの存在そのものの魅力が世界の豊かさや美しさを伝えてくれる。喜怒哀楽や愛や憎しみ、そういった人間らしい感情がないことはないし、興味がないわけでないが、それはそっと脇に置いて、別の場所を凝視することで見えてくる真実を探り続けている気がする。さらに、サ行音を多用した一首目の爽やかさ、ナ行によるなめらかさを生かした二首目、タ行の音をアクセントとして使った三首目と、言葉そのものの響きを生かした明るい韻律がたいへん印象的である。

皆が皆、皆のサイドストーリー焼き棄てられたコラージュ写真

そういった意味で、この歌は象徴的である。一人の主人公を立てて描かれる物語の中に立ち現れる登場人物たちは、他の人を芯にすれば「サイドストーリー」となる。自分も誰かのサイドストーリーであり、あの人も誰かのサイドストーリーである、と考えていくと、合わせ鏡のような奇妙な思考回路に陥り、おもしろいような、気持ち悪いような変な感覚が起きて、眩暈がしてくる。

そう、中山さんの作品を熱心に読んでいると、だんだん酩酊してくる。酩酊といっても、完全に奇想天外な世界に巻き込まれて、わけがわからなくなる、というのではなくて、明るい昼間のなかで、ふっと非現実の世界がまじってきてしまう、つかの間の白昼夢を見ているような感触である。

夜の縫い目ほつれたんだネ電球の紐を引っ張るときの手応え

「夜の縫い目」という比喩的表現に、現実的な縫い目のほつれと電球の紐を引っ張る感触が付け加わる。「ほつれたんだネ」と、かなりカジュアルな口調だが、誰が誰に、なんのために話しているのかは、わからない。

きみのおとうさんはさみしいひとだった朝虹を彫る版画教室

「だった」という過去形が意味深で、かつてそういう人だったとも取れるし、生前のことを語っているようにも取れる。そのセリフが語られた場らしき版画教室では「朝虹を彫」っているという。「朝虹」って、なんだろう。

獅子座流星群の夜ひそやかに跳び箱のなかで見せ合う銀歯

星が降る夜に跳び箱の中に忍び込み、その暗闇の中でお互いの銀歯を見せ合っているという。なぜ、そんなところで、銀歯を。子ども同士なのだろうか。銀歯は、蝕まれた白い歯が削られたあとを保護するためのもの。みなが見る星を見ずに、肉体の修理痕の鈍い光を光らせて、しずかに慰めあっているようだ。

これらの歌には謎があるが、幻想と呼ぶほど摩訶不思議ではない。現実と幻想の間で、次々に言葉のしゃぼん玉が現れ、案外消えることなく空中に漂う。軽やかだが、ふわふわでやわらかい、わけではないのだ。言葉には粘度があり、歌から受けるインパクトは強い。

李さんは星的寡黙ローソンの制服のまま帰ってきた夜
伝言ゲーム末尾に李さん　どの椅子も床屋の椅子のように座って

「天狗の飛び方」の一連の「李さん」が登場する歌は、前述の歌に比べて、現実よりの歌と言えるだろう。今の日本のコンビニエンスストアのほとんどが、外国人の就労者に支えられており、この「李さん」も、いつかどこかでレジを打ってくれた人であるような気がしてくる。「星的寡黙」とは、星のまたたきくらいの反応は見せる、といった感じだろうか。

二首目は実際に伝言ゲームをしているとも取れるし、情報をいつも遅れて受け取る立場にある、とも取れる。いずれにしても、下の句が、そのきまじめな性格を伝えている。一首目と合わせて読むと、静かな充足感と淋しさと透明な諦念が漂っているようで、なんだか切なくなる。

しかし、切ない、と受け止めたのは、多分私の中にあるなにかが反応してそのように感じただけで、これらの歌から何を受け取るかは、読者によって異なるように思う。歌には「李さん」の行動のみを描き、その内面を探るようなことはしていない。つまり、読者の側が、そこから物語を引き出すことを期待している作りなのである。

こうして中山さんの歌を読み解くうちに、枠組みのある世界、という言葉が浮かんだ。絵も、写真も映像も、無限に見える世界にフレームを与えて、一部を切り取ってきて表現する。そうすることで、内面のほとばしりを韻律にのせる私性の短歌とは明らかに違う、作者個人から切り離された自在な世界を展開することができたのである。

おれはこんな泣き方をするのかジーンズが雨に滲んで青くて重い

本棚にきみから借りたコミックが馴染んでしまう　これがかなしみ

パイプ椅子折りたたむとき、ついにきみ来なかったよね　花は持っとく

この三首は、青春の一場面としてリアリティがあり、情感も豊かだが、主体の視線の他に、もう一つの客観的視線を感じる。主体的に青春の中にいるというより、青春映画の一場面を見ている感じがするのである。

といっても、ありきたりの内容ではなく、場面の細部抽写によって情感が伝わる点は、短歌の特性が十二分に生かされていると思う。

この歌集に出ている主体は、一人ではない。世界のどこかにいる誰かが、複数で蠢きながら様々なものを見、考え、想像をふくらませている、のだと思う。

電球のまだあたたかい首筋を捻る　あかるい産道のなか

こんなひんやりと怖い歌もさりげなく紛れ込んでいる。いや、もしかするとこの後を引く怖さこそ、中山さんの歌の本質なのかもしれない。

あとがき

これは私の第一歌集である。二〇一二年から二〇一六年にかけて制作した二四四首を収めた。年齢にすると二十代前半にあたる。編年体にはせず、既発表の作品においても一部、歌の入れ替え等の再構成を行った。

すべての巡り合いに感謝したい。これからも生活は続くが、丁寧に過ごそうと思う。最後に、監修をしてくださった東直子さま、書肆侃侃房の皆さま、そしてこの本を読んでくださった皆さま、心より感謝いたします。

二〇一六年八月八日　偶然、縁起が良さそうな日にて

中山俊一

■著者略歴

中山 俊一（なかやま・しゅんいち）

1992年、東京生まれ。法政大学社会学部卒業。

新鋭短歌シリーズより歌人デビュー。

映画監督としてUFPFF国際平和映像祭2012入選、脚本家として第19回水戸短編映像祭グランプリなど。

Twitter : @poseidon_29

「新鋭短歌シリーズ」ホームページ　http://www.shintanka.com/shin-ei/

新鋭短歌シリーズ29
水銀飛行
二〇一六年九月十七日　第一刷発行

著　者　中山 俊一
発行者　田島 安江
発行所　書肆侃侃房（しょしかんかんぼう）
〒八一〇・〇〇四一
福岡市中央区大名二・八・十八・五〇一
（システムクリエート内）
TEL：〇九二・七三五・二八〇二
FAX：〇九二・七三五・二七九二
http://www.kankanbou.com　info@kankanbou.com

監　修　東 直子
装丁・装画　香坂 はるひ
DTP　黒木 留実（書肆侃侃房）
印刷・製本　株式会社西日本新聞印刷

ISBN978-4-86385-235-8　C0092